AF589678

1876. 17 juin

CATALOGUE DES LIVRES RARES ET PRÉCIEUX

COMPOSANT

LE CABINET DE M***

DONT LA VENTE AURA LIEU

Le samedi 17 juin 1876, à 1 heure et demie très-précises

A l'Hôtel des Commissaires priseurs, rue Drouot

SALLE N° 3

Par le ministère de Me MAURICE DELESTRE, commissaire-priseur,
Successeur de Me DELBERGUE-CORMONT.

Rue Drouot, 23.

Exposition générale le vendredi 16 juin 1876 de 2 à 4 heures.
Exposition particulière le samedi de midi à 1 heure.

Manuscrits avec miniatures. — Editions d'Anthoine Vérard, 1485-1513. — Ouvrages imprimés sur vélin. — Dessins originaux. — Premières éditions des Classiques français. — Editions des Alde et des Elzévier. — Poètes français du XVe siècle. — Romans de chevalerie. — Exemplaires de GROLIER et d'autres bibliophiles. — Reliures de Trautz-Bauzonnet.

PARIS
ADOLPHE LABITTE
LIBRAIRE DE LA BIBLIOTHÈQUE NATIONALE
4, rue de Lille, 4

1876

TO AMERICAN AMATEURS AND BOOKSELLERS

ORDERS SENT ON RECEIPT OF THIS CATALOGUE

TO

GUSTAVE BOSSANGE

BOOKSELLER

14, Rue du Quatre-Septembre, Paris.

WILL ARRIVE IN TIME FOR THE SALE

AND BE PUNCTUALLY ATTENDED TO

Paris. — Typographie Georges Chamerot, rue des Saints-Pères, 19.

CATALOGUE

DES LIVRES

RARES ET PRÉCIEUX

COMPOSANT

LE CABINET DE M. ***.

THÉOLOGIE.

1. La Sainte Bible en françoys translatée selon la pure et entière traduction de sainct Hierosme (par Le Fèvre d'Etaples). *En Anvers, par Martin Lempereur, l'an MDXXXIIII.* Grand in-folio gothique à 2 col., titre grav. et gravures sur bois, v. f.

Belle édition, très-rare.

2. Psalterium Davidis ad exemplar vaticanum anni 1592. *Lugduni, apud Jos. et Dan. Elzevirios, anno* 1653, in-12, front. gr., maroquin bleu, dos orné, fil. doublé de maroquin citron, dent. tr. dor. (*Niedrée.*)

Très-bel exemplaire de la bibliothèque de M. de Montesson dont l'*ex-libris* est appliqué à froid à l'intérieur de la reliure.
Hauteur : 131 millimètres.

3. Quatuor Evangelia (latine). Pet. in-fol. v. f.

Manuscrit du XIVe siècle sur vélin, contenant 108 ff. à 2 colonnes, avec notes marginales. Onze capitales onciales ornées en or et en couleur, dont plusieurs occupent toute la page. Deux ont été coupées. Ce manuscrit, acquis à la vente J. Meyer de Gand en 1869, provient de l'abbaye de S.-Pierre de Gand.

4. Le GRANT VITA Christi, translaté de latin en françoys. (A la fin :) *Composé par vénérable père Ludolphe, translaté de latin en francois par frère Guillaume Lemenant... de l'ordre de monseigneur sainct Francoys. Imprimé à Paris pour Anthoine Vérard, demourant en la rue Saínct-Jacques, près petit pont. Sans date.* 4 part. en 2 vol. in-folio gothique à 2 col., figures sur bois, mar. rouge, tr. dor. (*Anc. rel.*)

Très-bel exemplaire.

5. The true and lyvely historyke purtreatures of the woll Bible. *At Lyons, by Jean of Tournes.* 1553, pet. in-8, figures sur bois, mar. citron, fil. tr. dor. (*Trautz-Bauzonnet.*).

Bel exemplaire. Hauteur : 155 millim.

Premier tirage des figures du Petit Bernard.

Au bas de chaque figure se trouve la traduction des quatrains français de Cl. Paradin, écrite également en quatrains, par P. Derendel, dans un jargon anglais grossier et à peu près inintelligible.

6. Livre de prières, en flamand. In-4, relié en bois, couvert de veau rouge estampé.

Manuscrit sur vélin très-fin, du xve siècle ; 8 grandes miniatures, et 8 petites comprises chacune dans une lettre initiale de grande dimension ; 57 lettres initiales, accompagnées d'ornements en or et couleurs de toute la hauteur de la page. De ces 57 lettres, six représentent des personnages.

Ce beau manuscrit, de 300 feuillets du vélin le plus fin, est remarquable par le ton des couleurs, la délicatesse des ornements, et le caractère particulier du dessin. Chaque alinéa a une lettre initiale ornée de fleurs. Les pages qui portent les grandes miniatures, et les pages en regard, sont entourées d'ornements riches et variés. Les ornements des autres pages imitent des dessins de broderies. Le calendrier est en flamand. (Y.)

Ce manuscrit a appartenu à une grande famille flamande dont les armes, représentées dans les bordures, sont : de gueules au cheval issant d'argent chargé en chœur d'une étoile à six rais de gueules. Sur une autre page les armoiries sont d'azur au chevron d'argent accompagnées en pointes d'une oie de même, becquée et membrée de gueules.

Catalogue Yemeniz n° 70, vendu 600 francs.

7. HORÆ... Pet. in-4, mar. dans un étui.

Livre d'heures du xve siècle.

Manuscrit sur vélin. Il est composé de 122 feuillets. Il est orné de 7 grandes miniatures et 27 petites finement exécutées, de 39 bordures ornées de fleurs d'oiseaux et d'animaux divers sur fonds de diverses couleurs et de grandes lettres ornées. La conservation de ce manuscrit est parfaite.

8. CES PRESENTES HEURES A LUSAIGE DE PARIS, toutes au long, sans rien requerir aueq les heures saincte Genevieve et la comemoration saint Marcel et de saint Germain (Almanach de 1497 à 1520). (A la fin :) *Ces presentes heures furent acheuees l'an mil CCCCC par Thielman Kerver pour Guillaume Eustace*. In-8 gothique, v. à compartiments or et couleurs. (*Reliure du* XVIe *siècle.*)

Très-belles heures tirées sur vélin in-4. Les marges ont 45 mill. de largeur, et un entourage à la main, fleurs sur fond d'or ou blanc, a été ajouté dans tout le volume; les gravures sur bois ont été peintes en miniatures. Le dos de la reliure a été refait, mais on a conservé l'ancien titre. Les marques du libraire ont été couvertes par des armoiries ajoutées sur le premier et le dernier feuillet du volume. Ces armoiries sont celles d'un membre de la famille d'Aligre.

9. A LA LOUENGE DE DIEU et de sa très sainte et glorieuse mère et à l'édification de tous bons catholiques furent commencées CES PRESENTES HEURES à l'usaige de Romme pour Gillet Hardouin. (A la fin :) *Ces présentes heures à l'usaige de Romme furent acheuees le XIXe jour de janvier de lan mil cinq cens et quattre, par Anthoine Chappel, imprimeur*. In-fol. gothique allongé, mar. rouge, fil. tr. dor. (*Capé.*)

Très-bel exemplaire du seul livre d'heures, peut-être, imprimé de format d'agenda. Cette édition est ornée de grandes figures sur bois, et chaque page est entourée de bordures sur bois. Sur le titre se trouve la marque de Gillet Hardouin.

10. CES PRESENTES HEURES A L'USAIGE DE ROME..... ont été faictes à Paris pour Simon Vostre (Calendrier de 1520 à 1536). In-8, mar. r. tr. dor. (*Anc. rel.*)

Imprimé sur VÉLIN. Les grandes gravures sur bois ont été coloriées à l'époque de l'impression en or et en couleur et forment miniatures. Les 140 feuillets de ce livre sont ornés de bordures sur bois composées de la DANSE DES MORTS, de l'Apocalypse, de scènes de l'histoire sainte, d'arabesques, etc. Cet exemplaire est très-beau de conservation, les trois premiers feuillets et les cinq derniers ont seuls une légère piqûre.

Il provient de la bibliothèque Enschedé à Harlem.

11. Thomæ a Kempis de Imitatione Christi libri quatuor. *Lugduni* (*Batav.*), *apud Joh. et Dan. El-*

zevirios, s. a., in-12, mar. bl. tr. dor. (*Trautz-Bauzonnet.*)

Joli exemplaire, hauteur : 128 millim.
De la bibliothèque du comte Napoléon Camerata.

12. Danielis Heinsii de Contemptu mortis libri IV. *Lugduni Bat., ex officina Elzeviriana*, 1621, in-12, mar. r. (*Reliure anglaise.*)

Exemplaire de Th. Williams, non rogné.

13. Gerson. Incipit sermo venerabilis Mgtri J. Gerson, cancellarii Parisiensis, de efficatia orationis. (*Coloniæ, per Ulr. Zell.*) Pet. in-4 goth. v.

Hain, n° 7687.

14. (LE CHAPELLET DE VERTUS). Cy sensuiuent les rubriches de ce present livre intitulé le Chappellet de vertus. (A la fin :) *Cy finit le romant de Prudence imprimé à Lyon par M. G. Le Roy. Sans date*, in-fol. gothique à longues lignes, mar. rouge, fil. dor. (*Bauzonnet.*)

Édition fort belle et fort rare, imprimée à Lyon vers 1480.
Superbe exemplaire de R. Heber et de Coste, de Lyon. Il est très-grand de marges (270 millim.) et admirablement conservé.

15. Pensées de Pascal sur la Religion et sur quelques autres sujets, qui ont esté trouvées après sa mort parmy ses papiers. *Paris, Guillaume Desprez*, 1670, in-12, mar. bl. tr. dor. (*Trautz-Bauzonnet.*)

Hauteur : 153 millim. Édition en 334 pages, très-bel exemplaire.

16. La grant et vraye Legende dorée (par Voragine) translatée de latin en françoys. *Imprimée nouvellement à Lyon lan mil cinq cens vingt neuf. On les vent à Lyon en la rue Mercière, chez Jehan Lambany.* In-fol. gothique à 2 col. figures sur bois, veau estampé.

Exemplaire dans sa première reliure.

JURISPRUDENCE.

17. LA SOMME RURAL (*sic*). (A la fin :) *Cy fine la Somme Rural compilée par Jehan Boutiller... et imprimée à Lyon sur le Rosne par Jacques Maillet le* XIIIIe *jour de novembre lan mil cccc xciiii.* In-fol. gothique à 2 col., mar. rouge, fil. tr. dor. (*Trautz-Bauzonnet.*)

Superbe exemplaire d'un livre rare, provenant de la bibliothèque de M. Huzard et de celle de M. Coste de Lyon.

18. ORDONNANCES ROYAULX de la juridiction de la prevosté des marchands et eschevinaige de la ville de Paris. — Adicions sur ce present volume... Priviléges donnés aux bourgeois de Paris. *On les vend au Palays. En la Boutique de Jacques Nyverd et en la Boutique de Pierre le Brodeur* (1528), in-folio gothique, gravures sur bois, mar. br. fil. tr. dor. (*Duru.*)

Bel exemplaire grand de marges et bien conservé. Livre curieux pour l'histoire de Paris.

19. MAGNA CHARTA. *Impresse in civitate Londonensi per Richardum Pynson, regis impressorem.* (1514), in-12 allongé gothique, mar. rouge, filets, tr. dor. (*Trautz-Bauzonnet.*)

Très-bel exemplaire d'un livre extrêmement rare. 15 ff. liminaires, 3 ff. blancs et 155 ff. dont le dernier n'est pas numéroté.

SCIENCES ET ARTS.

20. M. T. Ciceronis de Officiis libri tres. Cato major, vel de Senectute. Lælius, vel de Amicitia. Paradoxorum stoicorum sex. Somnium Scipionis. *Amstelodami, ex officina Elzeviriana*, 1656, pet. in-12, mar. v. (*Trautz-Bauzonnet.*)

Exemplaire NON ROGNÉ de la bibliothèque du comte Napoléon Camerata.

21. L. Annæi Senecæ philosophi Opera omnia ex ult.... Lipsii emendatione et M. Annæi Senecæ rhetoris quæ exstant. *Lugd. Batav., apud Elzevirios*, 1640. — J. Gronovii ad L. et A. Senecæ notæ. *Lugd. Batav. ex offic. Elzeviriana*, 1649; ens. 4 vol. in-12, front. gr. mar. rouge, fil. dos à comp. tr. dor. (*Anc. reliure.*)

Hauteur : 129 millim. Les trois premiers volumes sont dans une jolie reliure ancienne; la reliure du tome IV est moderne.

22. CY COMMANCE BOECE de Consolation en françois. (A la fin :) *Cy finist le souuerain lyure Boece de Consolation selon la translacion du tres-excellent orateur maistre Jehan de Meun. S. d.*, in-fol. gothique à longues lignes, 68 feuillets à 32 lignes, fig. sur bois, mar. rouge, filets, tr. dor. (*Derome.*)

Bel exemplaire très-grand de marges, livre très-rare imprimé à Lyon vers 1485. Exemplaire de Girardot de Préfond et de Mac-Carthy. Il y a des transpositions et le premier feuillet contenant le titre manque.

23. SPECULUM SAPIENCIÆ Beati Cirilli. *S. l. n. d.*, in-fol. semi-gothique, 61 feuillets, 34 lignes par page, sans chiffres ni réclames, demi-rel.

Imprimé à Bâle vers 1473. Exemplaire très-grand de marges et très-bien conservé. M. Adry a écrit sur les gardes une longue dissertation de 5 pages in-fol. sur les fables publiées sous le nom de S. Cyrille.

24. MONTAIGNE. Les Essais (livres I et II). *A Bourdeaux, par S. Millanges*, 1580, 2 tomes en 1 vol. pet. in-8, portr. ajouté, mar. vert, fil. tr. dor.

Édition originale, très-rare. Hauteur : 155 millim.

25. Réflexions ou Sentences et maximes morales (du duc de la Rochefoucauld). *A Paris, chez Claude Barbin*, 1665, in-12, front. gravé, maroquin bleu, filet, dent int. tr. dor. (*Trautz-Bauzonnet.*)

Édition originale. Bel exemplaire.

26. Réflexions ou Sentences morales (par la Rochefoucauld) cinquième édition. *Paris, Claude Barbin*, 1678, in-12, mar. br. fil. tr dor. (*Trautz-Bauzonnet.*)

Dernière et complète édition publiée du vivant de la Rochefoucauld. Très-bel exemplaire. Hauteur : 152 millim.

27. Maximes et réflexions morales du duc de la Rochefoucauld. *Paris, Didot*, 1802, in-12, cart. dans un étui.

Exemplaire imprimé sur vélin.

28. Proverbios morales de Alfonso de Barros. *En Madrid*, 1598, pet. in-8, mar. r. tr. dor. (*Lortic.*)

Volume rare.

29. HIERONYMI CARDANI, Medici Mediolanensis, de Subtilitate libri XXI. Ad illustriss. Principem Ferrandum Gonzagam, Mediolanensis Prouinciæ Præfectum. *Norinbergæ, apud Joh. Petreium iam primo impressum, anno MDL*, in-fol. veau fauve à comp. tr. dor.

Très-bel exemplaire de GROLIER avec son nom, sa devise et le titre de l'ouvrage. Les plats de la reliure ornés de compartiments riches et élégants, en or et en noir, sont parfaitement conservés ; le dos a été refait dans l'ancien style.

C'est l'exemplaire de de Bure, acquis à sa vente même, par M. Yemeniz, au prix de 700 francs et revendu chez celui-ci 1450 francs.

30. PLATINE en françoys, très-utile et nécessaire pour le corps humain qui traicte de hõneste volupté et de toutes viandes et choses que l'homme

mange... (A la fin :). *Et imprimé à Lyon, par Françoys Fradin, l'an mil cinq cens et cinq*, in-fol. gothique à 2 col. maroq. bl. doublé de maroq. citron, tr. dor. (*Kœhler.*)

Édition rare, la plus ancienne de cette traduction.
Très-bel exemplaire de M. Coste. Hauteur : 275 millimètres.

31. Les Vrayes Centuries et propheties de maistre Michel Nostradamus, où se void représenté tout ce qui s'est passé tant en France, Espagne, Italie, Alemagne, Angleterre qu'autres parties du monde. *A Amsterdam, chez Jean Jansson*, 1668, pet. in-12, front. gravé et portrait de Nostradamus, maroq. rouge, fil. tr. dor. (*Derome.*)

Très-joli exemplaire. Hauteur : 130 millim.

32. Tractatus physiologicus de Pulchritudine, juxta ea quæ de sponsa in canticis canticorum mystice pronunciantur, authore Ernesto Vænio. *Bruxelles, typis Francisci Foppens*, 1662, pet. in-8, jolies figures gravées au trait, maroq. rouge, jans. dent. int. tr. dor. (*Thompson.*)

---

33. Livre de la conqueste de la toison d'or, par le prince Jason de Tessalie, faict par figures avec exposition d'icelles. *Paris, avec privilége du roy*, 1563, in-fol. obl. rel.

Recueil de 26 planches, de 3 ff. de texte et d'un titre. Les ornements des planches sont du plus beau style Henri II. Il manque la planche 13.

Ce livre a été publié par Jehan de Mauregard, greffier de la prévôté de Poissy, qui, dans sa dédicace au roi Charles IX, dit qu'il a employé pour le texte Jacques Gohory, Léonard Tyris de Belges, peintre excellent, pour les dessins de figures et René Boyvin d'Angers, pour la gravure.

BELLES-LETTRES.

POÉSIE.

Poètes grecs et latins.

34. OPPIANI de Piscibus; — ejusdem de Venatione et de Piscibus (græce). *Venetiis, in ædibus Aldi*, 1517, pet in-8, v. estampé. (*Rel. du* XVIe *siècle.*)

Exemplaire grand de marges. (Haut. : 164 millim.). Il est dans sa première reliure qui a besoin de restauration; quelques notes manuscrites. C'est l'édition originale du poëme : *de Venatione*.

35. VIRGILIUS. *Venetiis, in ædibus Aldi*, 1514, in-8, maroq. rouge, fil. tr. dor. (*Niedrée.*)

Exemplaire très-grand de marges de cette édition rare. Hauteur : 162 millimètres.

36. P. Virgilii Maronis Opera nunc emendatiora (ex recensione D. Heinsii). *Lugd. Batavor., ex officina Elzeviriana, anno* 1636, in-12, front. gr. portr. par Saint-Aubin ajouté, maroquin rouge, dos orné et à nerfs, fil. à comp. dent. int. tr. dor. (*Trautz-Bauzonnet.*)

Bel exemplaire de premier tirage. Hauteur : 125 millim.

37. HORATIUS. *Venetiis, apud Aldum,* 1501, pet. in-8, maroquin vert, tr. dor. (*Reliure anglaise.*)

Bel exemplaire d'une édition très-précieuse, la première d'Horace donnée par Alde. Haut. : 154 millim. La marge du fond des premiers feuillets a été restaurée.

38. Q. HORATII FLACCI Opera diligentissime impressa et excultissime Ascensianis asteriscis illustrata. (A la fin :) *Finis...., in ædibus Ascensianis ad ter-*

tium idus Januarii MDV, pet. in-8, mar. r. tr. dor.

Exemplaire assez grand de marges, mais ayant quelques déchirures et une forte piqûre raccommodée.

C'est une édition tellement rare que M. Brunet ne la cite que d'après Maittaire.

39. Q. HORATII POEMATA. *Venetiis, apud Aldum*, 1509, pet. in-8, maroquin rouge, compartiments dorés, tr. dor. (*Reliure du* XVIe *siècle*.)

Deuxième édition aldine.

Exemplaire dans sa première reliure. Il a fait partie de la bibliothèque de COLBERT. Le dos est restauré.

40. Q. HORATIUS FLACCUS. Poemata omnia. *Venetiis, in ædibus Aldi*, 1519, pet. in-8, maroquin brun, tr. dor. (*Reliure anglaise de Mackenzie.*)

Troisième édition aldine.

41. Quinti Horatii Flacci Poemata, commentariis illustrata a Joanne Bond. *Amstelodami, apud Danielem Elzevirium*, 1676, in-12, front. gr., maroquin rouge, dent. à froid, et fil. doublé de satin moiré violet, tr. dor. (*Thouvenin.*)

Hauteur : 133 millim.

42. HORACE. Traduction des œuvres d'Horace en vers françois, avec des extraits des auteurs qui ont travaillé sur cette matière (par l'abbé Salmon). *Paris, Nyon*, 1752, 5 vol. in-12, maroquin rouge, fil. tr. dor. (*Derome.*)

Joli exemplaire tiré sur papier fort et dont la reliure est très-fraîche.

43. OVIDII Opera. *Venetiis, in ædibus Aldi*, 1502-1503, 4 part. en 3 vol. pet. in-8, mar. r. fil. tr. dor. (*Anc. rel.*)

Exemplaire bien complet de cette première édition aldine. Il y a quelques raccommodages. Hauteur : 159 millim.

Voyez : *Didot, Alde Manuce*, pages 224 et suivantes.

44. OVIDE, du Remède d'amours, translaté nouvellement de latin en françoys, avec l'exposition des fables consonantes au texte. (A la fin :) *Im-*

primé à Paris, pour Antoine Vérard, le quatriesme jour de février, l'an mil cinq cens et neuf, in-folio, maroquin bl. fil. tr. dor. (*Reliure anglaise.*)

Exemplaire très-grand de marges. L'exemplaire Yemeniz avait 249 millim.; celui-ci en a 278 de hauteur, mais quelques feuillets de la fin, imprimés sur un papier d'une teinte différentes, paraissent avoir été refaits.

45. Les Motz dorez de Cathon en françoys et en latin. *On les vend au palays en la gallerie comme on va en la chancellerie, sans date*, pet. in-8, gothique v. quadrillé.

Édition rare. Exemplaire de R. Heber.

46. Cl. Claudiani quæ extant, Nic. Heinsius recensuit ac notas addidit. *Lugduni Batavorum, ex officina Elzeviriana, anno* 1650, in-12, front. gravé, mar. bleu, fil. à froid, dent. int. tr. dor. (*Duru.*)

Hauteur : 130 millim. et demie.

47. Francisci Philelfi satyrarum libri. (A la fin :) *Impressæ Mediolani, per Christophorum Valdarpher, anno* 1476, in-fol. car. ronds, v.

Édition rare.

48. Elegidia et poematia epidictica. *Impressa Upsaliæ*, 1631, pet in-8, vélin.

Ce volume contient les portraits de quelques hommes illustres de cette époque, très-finement gravés en taille-douce.

49. Merlini Coccaii opus Macaronicorum. (*Ad finem* :) *Tusculani. Alexander Paganinus*, 1521, in-16, maroquin br. compartiments dorés, tr. dor. (*Reliure du* XVIe *siècle.*)

Édition rare, ornée de figures sur bois singulières. Le dos de la reliure est refait.

L'exemplaire n'est pas trop rogné, ce qui est rare, et les 8 feuillets de la sign. MM qui terminent le volume s'y trouvent.

Poètes français.

50. Jongleurs et Trouvères, ou Choix de Saluts, Epîtres, Rêveries et autres pièces légères des XIIIe

et XIVe siècles, publié par Achille Jubinal. *Paris*, 1835, in-8, maroquin rouge, tr. dor. (*Kœhler.*)

Un des trois exemplaires imprimés sur VÉLIN.

51. MÉMOIRES HISTORIQUES sur Raoul de Coucy; on y a joint le recueil de ses chansons en vieux langage, avec la traduction et l'ancienne musique (publié par de la Borde). *Paris, Pierre*, 1781, 2 vol. in-18, tirés in-8, maroquin rouge, fil. tr. dor. (*Anc. rel.*)

Bel exemplaire de Cailhava en grand papier.

52. LE ROMANT DE LA ROSE. Codicille et Testament de maistre Jehan de Meun nouvellement imprimé à Paris. *S. l. n. d.* (*marque de Vérard*), in-4, gothique, fig. sur bois, maroquin rouge, fil. tr. dor. (*Rel. angl.*)

Exemplaire de M. Baudeloque et l'un des plus beaux connus. 216 millimètres.

53. LE ROMMANT DE LA ROSE, nouvellement reveu et corrigé oultre les précédentes impressions. *On les vent à Paris, au Palays... en la boutique de Jehan Longis.* (A la fin :) *Et imprimé nouvellement à Paris, l'an mil cinq cens, XXXVIII* pet. in-8, v.

Cet exemplaire est dans une ancienne reliure; il a quelques taches, et une note marginale a été atteinte par le relieur.

54. LA BELLE DAME SANS MERCY (par Alain Chartier). *S. l. n. d.* in-4, gothique, fig. sur bois sur le titre, maroquin rouge, fil. tr. dor. (*Kœhler.*)

Édition très-ancienne.
Bel exemplaire de Charles NODIER et de Baudeloque.

55. LOSPITAL DAMOURS. (A la fin :) *Cy finist lOspital dAmours, sans lieu ni date* (*Lyon, vers* 1490), in-8, gothique, 28 ff. maroquin bleu, fil. tr. dor. (*Bauzonnet.*)

Édition très-rare de cet opuscule qui a été attribué à Alain Chartier.
Très-bel exemplaire de CHARLES NODIER et de M. Baudeloque.

56. LES OEVRES MAISTRE FRANÇOIS VILLON. Le Monologue du franc archier de Baignollet; le Dya-

logue des seigneurs de Mallepaye et Baillevent. M.D.XXXIII. *On les vent a Paris, a la rue Neufue Nostre Dame a l'enseigne de Lescu de France* (*chez Alain Lotrian et Denys Janot*), in-16, lettres rondes, mar. r. compart. tr. dor. (*Bauzonnet-Trautz.*)

Très-bel exemplaire de cette édition rare.
De la bibliothèque de M. Brunet, n° 264, vendu 910 francs.

57. Sensuyt le Jardin de plaisance et fleur de rethoricque..... *Imprimé nouvellement à Lyon. On les vend à Lyon en la rue Mercière près de Saint-Antoine, cheux Martin Boullon.* (A la fin :) *Imprimé nouvellement à Lyon* (*vers* 1520), *par Ollivier Arnollet.* (*Marque de Martin Boullon.*) In-4, goth. à 2 col. fig. s. bois, mar. v. fil. tr. dor. (*Anc. rel.*)

Recueil très-rare, un peu court en tête. Le titre a été peint en partie, et la marge extérieure a été doublée.

58. LE DOCTRINAL DE COURT divisé en douze chapitres... composé par maistre Pierre Michault, jadis secrétaire de monseigneur de Charolois filz du duc de Bourgongne, par lequel on peut estre clerc sans aller à l'escole. (*Marque de Jacq. Vivian sur le titre.*) (*A la fin :*) *Imprimé nouvellement à Genesue, sans date,* in-4, gothique, figures sur bois, maroquin rouge, fil. tr. dor. (*Thouvenin.*)

Rare. Bel exemplaire. Le fond des marges des premiers feuillets est restauré.

59. LES LUNETTES DES PRINCES composées par noble homme Jehan Meschinot. *S. l. n. d.* (*Marque de M. H. sur le titre et avant le dernier feuillet*), in-4, gothique, mar. r. fil. tr. dor. (*Anc. rel.*)

Très-bel exemplaire de cette édition rare. Le titre entouré d'une gravure en bois est bizarement disposé. Tache à trois feuillets.
De la bibliothèque du prince d'Essling (n° 66.)

60. SENSUYT LES VIGILLES DU ROY CHARLES où est contenu comment il conquist France sur les Anglois, le duché de Normendie et le duché de Guyenne. (A la fin :) *Imprimé à Paris, par la*

veufve feu Jehan Trepperel, in-4, gothique, réglé maroquin vert, tr. dor. (*Duru.*)

Très-bel exemplaire de M. Cailhava. Exemplaire réglé et rempli de témoins. Haut. : 191 millim. Léger raccommodage au bas du folio 99.

61. COQUILLART (Guillaume). S'ensuyuent les droits nouveaulx. Avec le débat des dames et des armes... la complainte de Echo à Narcissus... composé par maistre Guillaume Coquillart, official de Reims lez champaigne. (*A la fin :*) *Imprimé nouvellement à Paris, par Alain Lotrian, demourant en la rue Neufve Nostre Dame, à l'enseigne de l'escu de France,* in-4, gothique, à 2 col. maroq. rouge, fil. tr. dor. (*Anc. rel.*)

Édition fort rare. Bel exemplaire de M. de Monmerqué qui a ajouté une note manuscrite sur la première garde.

62. LE SEJOUR D'HONNEUR, composé par Révérend père en Dieu messire Octouien de Sainct-Gelaiz, évesque d'Angoulesme. (A la fin :) *Cy finist le Séjour d'honneur imprimé à Paris, pour Anthoyne Vérard... et fut acheué d'imprimer le xxv*[e] *jour d'aoust mil cccc et xix,* pet. in-4, mar. r. fil. tr. dor. (*Trautz-Bauzonnet.*)

Superbe exemplaire, grand de marges. Haut. : 184 millim.

63. Le Vergier d'honneur de l'entreprinse et voyage de Naples, auquel est comprins comment le roy Charles huitiesme, à bannière déployée, passa et repassa de journée en journée, depuis Lyon jusques à Naples, par rév. père en Dieu Octouien de Sainct-Gelais. *On les vend à Paris, par Philippe le Noir,* in-fol. goth. à 2 col. v.

Mouillures et taches, un trou à la marge de quelques feuillets.

64. LES FAICTZ ET DICTZ de feu de bonne mémoire maistre Jehan Molinet contenans plusieurs beaux traictez, oraisons et champs (*sic*) royaulz... *Imprimez à Paris, lan mil cinq cens et ung. On les vend au palais en la bouticque de Jehan Longis et de la veufve Jehan Sainct-Denys,* in-fol. goth.

à 2 col. maroquin, bl. fil. doublé de maroquin rouge, large dentelle, tr. dor. (*Bauzonnet.*)

Exemplaire très-grand de cette édition très-belle et très-rare. Hauteur : 268 millim. Raccommodages dans les premiers feuillets.

65. LES TRIOMPHES DE FRANCE, translaté de latin en françois, par maistre Jehan Diury, bachelier en médecine, selon le texte de Charles Curre Mamertin. (*Marque de Guillaume Eustace.*)

Au tiers pillier de la salle au Palais,
Me trouverez tant par vers que par laiz.

1508, in-4, gothique, figures sur bois, v. ant.

Dans le même volume : *Les faicts et gestes de très révérend père en Dieu Monsieur le Légat* (GEORGE D'AMBOISE), *translatez de latin en françois par Maistre Jehan Diury, selon le texte de Fauste Andrelin. Guillaume Eustace*, 1508, in-4, goth.

Exemplaire grand de marges et bien complet de la première édition de ces poésies, mais une piqûre ronde traverse le volume et une partie des figures sur bois est coloriée. — Très-rare.

66. LE FAULCON D'AMOURS. *S. l. n. d. Paris,* (*vers* 1500), pet. in-4, gothique, de 25 ff. fig. sur bois, sur le titre, mar. br. doublé de mar. r. large dentelle, tr. dor. (*Kœhler.*)

Opuscule en prose et en vers de la plus grande rareté. Il a été imprimé aussi sous le titre : *le Livre du Faulcon des dames.*

Très-bel exemplaire, grand de marges (Haut. : 178 millim.), provenant de la vente Crozet. M. Brunet dit (*Man. du libr. II*, col. 1192) que cet exemplaire a 2 feuillets admirablement refaits à la plume. Ces 2 feuillets sont Biij et Biiij, et, sans le papier qui est un peu différent, il serait fort difficile de les distinguer des autres.

67. LE CATHOLICON des Mal-Aduisez, autrement dit le Cymetière des Malheureux. (*A la fin* :) *Cy fine le Catholicum... imprimé à Paris, le deuxiesme jour d'aoust, mil v cens treize* (1513) *pour Jehan Petit et Michel le Noir*, pet. in-8, gothique, maroq. bl. fil. tr. dor. (*Thouvenin.*)

Par Laurent des Moulins. Cet exemplaire d'un volume de poésies francaises extrêmement rare a 149 millim. de hauteur ; quelques feuillets ont un peu maculé. Sur le titre on remarque une figure très-singulière.

68. LE RECVEIL IEHAN MAROT de Caen, poete et escripvain de la magnanime royne Anne de Bretaigne. *On le vend à Paris, a lenseigne du Faulcheur*

(*s. d.*), — Ian Marot de Caen sur les deux heureux voyages de Genes et Venise, victorieusement mys a fin par le tres chrestien roy Loys Douziesme de ce nom... et veritablement escriptz par iceluy Ian Marot... (A la fin :) *Acheue d'imprimer le* XXIIe *iour de Ianuier M. D. XXXII, pour Pierre Roufet, dict le Faulcheur, par maistre Geufroy Tory*, 2 tom. en 1 vol. in-8, réglé, mar. bl. doublé de mar. r. tr. dor. (*Boyet.*)

Éditions originales de ces deux recueils. Le premier, beaucoup plus rare que le second et d'un plus petit format, a des marges à peine ébarbées ; mais il a une légère piqûre de vers raccommodée dans la marge du bas. Exemplaire de M. Brunet, n° 287, vendu 950 francs.

69. BOUCHET (Jehan). Le Panegyric du chevallier sans reproche (Louis de la Trimouille). (A la fin :) *Imprimé par Jacques Bouchet demourant au dict Poictiers et fut acheve le* XXVIIIe *jour de mars mil cinq cens xxvii*, pet. in-4, goth. à longues lignes, v. ant. fil. tr. dor.

Le fond de la marge du titre est doublé.

70. DEVOTE EXORTATION pour auoir crainte du grand jugement de Dieu, composé par... Guillaume Flameng, chanoine de Langres. *S. l. n. d.* in-4, gothique, fig. sur bois, 6 ff. maroquin vert, tr. dor. (*Kœhler.*)

Exemplaire de CHARLES NODIER.

71. Prenostication nouuelle
Plus approuuée que jamais,
Il ne sen fist pieca de telle :
C'est pour trois jours après jamais.

S. l. n. d., pet. in-8, 9 ff. caract. goth. figure sur bois sur le dernier ff. mar. bleu, comp. à la Du Seuil, tr. dor. (*Kœhler.*)

Pièce très-rare. Joli exemplaire.

72. OBSECRO — DITEMERATA — CONDITOR CELI — en françoys. Avec deux aultres oraysons devotes. *S. l.*

n. d., pet. in-8, gothique, 8 feuillets n. rognés, demi-rel.

Oraisons en vers françois. Petit volume non cité.

73. LES OEUVRES DE CLÉMENT MAROT, desquelles le contenu sensuit : l'Adolescence clementine, la Suite de l'Adolescence, bien augmentées; deux liures d'Epigrammes, le premier livre de la Métamorphose d'Ovide. *On les vend à Lyon, chez Gryphius, s. d.*, pet. in-8. goth. maroquin rouge, dos orné, fil. tr. dor. (*Trautz-Bauzonnet.*)

Cette édition rare est sans date, mais on trouve en tête une lettre de Cl. Marot *à ceulx qui par cy-devant ont imprimé ses œuvres*, datée du dernier jour de juillet 1538. Cette lettre est la même, à quelque légère différence près, que celle qui précède l'édition donnée par E. Dolet, en 1538, et dont celle-ci est la copie page pour page.

Hauteur : 147 millim. Léger raccomodage au haut du folio IX.

74. IMAGINATION POÉTIQUE, traduite en vers françois des latins et grecs, par l'auteur même d'iceulx (Barth. Aneau). *A Lyon, par Macé Bonhomme*, 1552, pet. in-8, mar. r. compartiments dorés doublé de mar r. tr. dor. (*Thouvenin.*)

Superbe exemplaire de CHARLES NODIER avec les écussons sur les plats. Une des plus belles reliures de Thouvenin.

Cet ouvrage est orné de nombreuses petites figures sur bois très-finement gravées. Exemplaire presque non rogné. Hauteur : 161 millim.

75. Le Blason des Basquines et des Vertugalles. *A Lyon, par Benoist Rigaud*, 1563. (*Paris*, 1863), in-8, demi-rel.

Réimpression à 50 exemplaires.

---

76. LE TERZE RIME DI DANTE. *Venetiis, in ædibus Aldi*, 1502, in-8, maroquin rouge, fers à froid, tr. dor. (*Trautz-Bauzonnet.*)

Superbe exemplaire de cette édition rare, 162 millim. de hauteur. C'est le premier ouvrage imprimé par Alde où paraisse la marque du dauphin et de l'ancre. (Voyez : *Didot, Alde Manuce*, page 210.)

THÉATRE.

Poëtes dramatiques, latins, français et italiens, etc.

77. Dramata Sacra. = Joseph per Cornel. Crocum. *Antuerp.* 1546. = Rob. Gualtieri, tragœdia Nabal. = J. Scoepperi, comœdia tragica : Voluptatis et virtutis pugna. *Coloniæ*, 1546. = Xysti Betulei comœdia Suzanna. *Tiguri*, 1538. = G. Holonii Catharina tragœdia. *Antuerpiæ*, 1556. = Ejusdem de oppressione beati Lamberti. *Antuerpiæ*, 1556. = Ejusdem Laurentias, de martyrio D. Laurentii. *Antuerpiæ*, 1556. = Ensemble, 2 vol. pet. in-8, réglés, mar. r. fil. tr. dor. (*Padeloup.*)

Recueil curieux. Exemplaire de Gaignat, de Mac Carthy, de Girardot de Préfond, dont il porte les armes à l'intérieur, de Soleinne qui y a joint une note manuscrite, et en dernier lieu de Baudeloque.

78. Le Mistere du Viel Testament, par personages joué à Paris. (*Paris*), *par Jehan Petit, s. d.* in-fol. goth. à 2 col. fig. sur bois, mar. r. tr. dor. (*Anc. rel.*)

Exemplaire très-défectueux, une partie du volume est tachée d'huiles et quelques feuillets sont refaits à la main, notamment les trois derniers.

79. Le Théatre de P. Corneille, reveu et corrigé par l'autheur. *A Rouen, et se vend à Paris, chez Guillaume de Luyne*, 1664, 3 vol. in-8, front. gravés, fig. de Chauveau, mar. bleu, dos ornés, fil. (*Trautz-Bauzonnet.*)

Cette édition a été donnée sur l'édition de 1664 en 2 vol. in-folio. Les frontispices gravés portent la date de 1660.

On ajoute ordinairement à cette édition une quatrième partie, publiée en 1666, et contenant trois pièces nouvelles : *Sertorius*, *Sophonisbe*, *Othon*.

Vente Gancia, n° 691, vendu 250 francs.

80. LES OEUVRES DE M. MOLIÈRE. *Amsterdam, chez Iaques le Jeune* (*Daniel Elzevier*), 1675, 5 vol. in-12, mar. rouge, dos ornés, fil. tr. dor. (*Trautz-Bauzonnet.*)

Bel exemplaire, grand de marges et parfaitement conservé. Hauteur : 132 millim.

Toute les pièces sont de 1675 ou avec dates antérieures. On a ajouté, à la suite du *Cocu imaginaire*, la *Cocue imaginaire* (par Doneau de Visé). *Suivant la copie impr. à Paris*, 1662.

81. MOLIÈRE. Œuvres. *Paris, Denis Thierry, Claude Barbin et Pierre Trabouillet*, 1682, 8 vol. in-12, mar. bl. jans. tr. dor. (*Trautz-Bauzonnet.*)

Superbe exemplaire, très-grand de marges, 160 mill.

82. Les Fourberies de Scapin, comédie par I. B. P. Molière. *Et se vend pour l'autheur, à Paris, chez Pierre Le Monnier*, 1671, in-12, mar. citron, dos orné, fil. dent. tr. dor. (*Duru.*)

ÉDITION ORIGINALE. Bel exemplaire.

83. Œuvres de Racine. *Suivant la copie imprimée à Paris* (*Amsterdam, Abr. Wolfgank*), 1678, 2 vol. pet. in-12, frontispices gravés, mar. bleu, fil. dent. int. tr. dor. (*Trautz-Bauzonnet.*)

Hauteur : 126 mill.

84. RACINE. Les Œuvres, nouvelle édition, ornée des figures dessinées par Lebarbier et gravées sous sa direction. *Paris, de l'imprimerie de Didot jeune, an IV*, 1796, 4 tomes en 8 vol. in-8, mar. bl. fil. tr. dor. (*Reliure anglaise.*)

EXEMPLAIRE UNIQUE, TIRÉ SUR VÉLIN. Il est orné des DOUZE DESSINS ORIGINAUX DE LE BARBIER et de la suite gravée d'après les dessins, *avec la lettre, avant la lettre et eaux-fortes*. Le portrait de Racine, d'après Santerre et gravé par Gaucher, est aussi *avec la lettre, avant la lettre et eau-forte*.
Cet exemplaire a figuré aux ventes DURIEZ et HANROTT.

85. Canace, tragedia di M. Sperone Speroni. *In Venetia*, 1566. — Giudicio sopra la tragedia di Canace. *Venetia*, 1566, in-8, mar. vert, large dent. à petits fers, doublé de mar. rouge, dent. tr. dor.

Exemplaire de M. de Soleinne. Très-jolie reliure de BOYET.

86. L'ADAMO, sacra rappresentatione di G. Baptista Andreino, Fiorentino. (*Milano*), *G. Bordoni*, 1613, in-4, portrait, mar. br. fil. tr. (*Niedrée.*)

Ouvrage célèbre pour avoir fourni à Milton la première idée de son poëme du Paradis perdu; il est orné de 40 planches à l'eau-forte d'après les dessins de Brocaccini. Exemplaire grand de marges. Il a été lavé et a quelques raccommodages.

87. AMADIS OF GAUL, an opera as it is performed at the King's theatre, in the Hay-Market (avec le texte italien en regard). *London, J. Tonson,* 1715, in-8, mar. rouge, comp. dorés en plein, tr. dor. (*Riche reliure anglaise.*)

ROMANS.

Romans de chevalerie et autres; Contes.

88. GYRON LE COURTOYS, avecque la deuise des armes de tous les cheualiers de la Table ronde. (A la fin :) *Imprimé à Paris pour Anthoine Verard, près petit pont, devant la rue neufve Nostre Dame,* in-fol. goth. à 2 col. mar. rouge, fil. tr. dor. (*Bradel.*)

Exemplaire grand de marges, avec témoins. Les marges de quelques feuillets ont été en partie refaites. Il y a une piqûre de ver, raccommodée, aux ff. LXVI à LXXIIIj et quelques taches aux derniers ff. Volume précieux. L'exemplaire de Yemeniz a été vendu 5,850 fr.

Exemplaire de R. Heber.

89. TRISTAN, chevalier de la Table ronde, nouvellement imprimé à Paris. (A la fin :) *Imprimé à Paris pour Antoine Vérard, demourant devant la rue neufve nostre dame. Sans date,* 2 tomes en 1 vol. in-folio gothique à 2 col. fig. sur bois, mar. br. tr. dor. (*Reliure anglaise.*)

Édition rare. Bel exemplaire acheté 55 livres sterling en Angleterre.

90. SENSUIT LE PREUX CHEUALLIER ARTUS DE BRETAIGNE, traictant de merveilleux faitz. *Imprimé nouvellement à Paris par la veufue feu Jehan Trepperel. Sans date,* in-4 gothique à deux colonnes, mar. bl. fil. tr. dor. (*Thouvenin.*)

Édition rare.

Exemplaire du prince d'Essling (nº 180). Le titre porte le timbre du docteur Richard.

91. Listoire et faits du très preux, noble et vaillant Huon de Bordeaux. *Rouen, chez la veuve Louys Costé. Sans date,* pet. in-8, v.

Exemplaire rogné.

92. LES FAITZ ET GESTES DU PREUX GODEFROY DE BOULION et de ses chevaleureux frères Baudouin et Eustache. (A la fin :) *Cy finent les faitz de Godeffroy de Boulion. Nouvellement imprimez à Paris, par Jehan Bouffon* (sic). *Sans date*, in-4 gothique à longues lignes, figures sur bois, mar. rouge, doublé de mar. vert, large dentelle, tr. dor. (*Bauzonnet.*)

Exemplaire de la plus grande beauté. De la collection du prince d'ESSLING (n° 245), et auparavant de celles de Roxburghe, Hanrott et Heber.

93. BERTRAND DU GUESCLIN. Les prouesses et vaillances du preux et vaillant cheualier Bertrand du Guesclin, jadis connestable de France. (A la fin :) *Imprimé nouuellement à Lyon par Oliuier Arnoullet et fust acheué le* XVIII° *jour de may mil cccc et xxix*. In-4, cuir de Russie, fil. tr. dor. (*Thompson.*)

Roman de chevalerie très-rare. La marge du titre et de quelques feuillets a été restaurée.

94. L'HYSTOIRE ET CRONICQUE du petit JEHAN DE SAINTRÉ et de la jeune dame des Belles Cousines. (A la fin :) *Imprimé nouvellement par Jehan Trepperel* (*s. d.*) In-4, mar. bl. doublé de mar. rouge, large dentelle, tr. dor. (*Bauzonnet.*)

Superbe exemplaire grand de marges et rempli de témoins. Hauteur : 180 millim. De la bibliothèque du prince D'ESSLING, n° 296, et auparavant de celle de Revoil.

95. Les Œvvres de M. François Rabelais, docteur en médecine, contenant cinq liures de la vie, faits et dits héroïques de Gargantua et de son fils Pantagruel... *A Anvers, par Francois Nierg*, 1573, 3 part. en 2 vol. in-16, titre encadré, mar. rouge, dent. tr. dor. (*Bozérian.*)

Édition rare.

96. LES OEUVRES DE M. FRANÇOIS RABELAIS, docteur en médecine. *S. l.* (*Amsterd., D. Elzevier, à la Sphère*), 1663, 2 vol. pet. in-12, mar. citron, fil. doublé de mar. rouge, dent. tr. dor. (*Du Seuil.*)

Hauteur : 129 mill. Très-joli exemplaire auquel on a ajouté deux petites gravures de Rembrandt représentant des mendiants.

Cet exemplaire appartenait, au XVII° siècle, à un amateur nommé Duvivier, qui a écrit son nom sur le titre du livre et dont le chiffre en or est sur les feuillets de garde.

97. RABELAIS. Œuvres. Avec des remarques historiques par Le Duchat, nouvelle édition, ornée des figures de Bernard Picard. *Amsterdam, chez Jean-Frédéric Bernard*, 1741, 3 vol. gr. in-4, figures et portraits, mar. rouge, filets, tr. dor. (*Trautz-Bauzonnet.*)

Superbe exemplaire en GRAND PAPIER. Hauteur : 282 mill.

98. J.-Ch. Brunet. Recherches bibliographiques et critiques sur les éditions originales des cinq livres du Roman satirique de Rabelais. *Paris, L. Potier*, 1852, gr. in-8, mar. bl. large dentelle, tr. dor. (*Trautz-Bauzonnet.*)

L'un des six exemplaires sur grand papier de Hollande, non mis en vente. Envoi de l'éditeur.

99. Il Decamerone di messer Giovanni Boccacci, si come lo diedero alle stampe gli Giunti l'anno 1527. *In Amsterdamo* (*D. Elzevier*), 1665, in-12, mar. v. fil. tr. dor.

Bel exemplaire, très-grand de marges. 150 mill. (H. 5 p. 6 lig.) De la bibliothèque de M. Brunet, n° 455, vendu 155 fr.

100. Baiiverneries, ou Contes nouveaux d'Eutrapel, autrement dit Léon Ladulfi. *A Paris, par Etienne Groulleau, libraire*, 1548, in-16, mar. bleu jans. doublé de mar. violet et avec large dent. tête do-n. rog.

Édition tirée à cent exemplaires et imprimée à Chiswick, sur les bords de la Tamise.

PHILOLOGIE. — DIALOGUES. — ÉPISTOLAIRES.

102. L. C. RHODIGINI (Ludov. Ricchieri de Rovigo) Antiquarum lectionum libri XVI. *Venetiis, in ædibus Aldi*, 1516, in-fol. v. ant. à compart. dor. (*Rel. du* XVIe *siècle.*)

Exemplaire de Grolier, à qui l'ouvrage est dédié. Son nom écrit de sa main, *Joannis Grolierii et amicorum*, se trouve à la page 862, et à l'intérieur de la reliure, à la fin du volume, et cette fois avec sa devise : *Portio mea, Domine, sit in terra viventium.* Les notes marginales qui se trouvent dans le volume sont également de sa main. Le feuillet de la dédicace est entouré d'un feuillage en couleurs, et au bas se trouvent les armoiries de GROLIER, peintes en or et en couleur. Le premier feuillet du texte est dans un encadrement du plus pur style de la Renaissance, au haut duquel sont les armoiries de GROLIER peintes en or et en couleur avec les chiffres entrelacés de l'auteur de l'ouvrage.

Tout fait supposer que c'est l'exemplaire de dédicace offert par Ricchieri de Rovigo à GROLIER.

Le dos de la reliure est refait.

103. D. ERASMI Colloquia cum notis selectis variorum, accur. Corn. Schrevelio. *Lugd. Batav., ex officina Hackiana,* 1664, in-8, titre gravé, mar. rouge, fil. doublé de mar. rouge, dent. tr. dor. (*Boyet.*)

Superbe exemplaire.

104. M. T. CICERONIS ad Titum Pomponium Atticum et ad Quintum fratrem epistolæ. *Parisiis, apud Simonem Colinæum,* 1532, pet. in-8, réglé, mar. bl. doublé de mar. citron, large dent. fil. tr. dor. (*Reliure signée de Padeloup.*)

Superbe exemplaire aux armes du comte D'HOYM sur les plats de la reliure, et avec son chiffre sur le dos. Il provient de la bibliothèque de J.-J. DE BURE.

105. Lettres choisies du sieur de Balzac. *Paris, Louis Billaine,* 1674, in-12, mar. vert, fil. tr. dor.

Aux armes du comte D'HOYM.

106. LETTRES DE SÉVIGNÉ, de sa famille et de ses amis, accompagnées de notes par Gault de Saint-Germain. *Paris, Dalibon,* 1823, 12 vol. in-8, mar. bl. large dent. fil. tr. supér. dor. non rog. (*Niedrée.*)

Très-bel exemplaire en grand papier vélin, portraits de Devéria avant la lettre.

HISTOIRE.

HISTOIRE UNIVERSELLE.

107. Le Premier (2e, 3e, 4e et 5e) volume de Vincent (de Beauvais) Miroir hystorial. *Ils se vendent à Paris, en la rue neufve Nostre Dame, à lenseigne de lescu de France.* (A la fin :) *Nouvellement imprimé à Paris, par Nicolas Couteau et fut achevé le xvie jour du moys de mars mil cinq cens xxxi*, 5 vol. in-fol. goth. à 2 col. v. br.

Exemplaire de Guyon de Sardière, avec son chiffre sur le dos des volumes.

108. Le Premier (et le second) volume de la mer des histoires. *On les vend à Paris, en la grand salle du Palais par Galliot du Pré, M.D.XXXVI*, 2 tom. en 1 vol. in-fol. goth. fig. sur bois, bas. m.

109. FASCICULUS TEMPORUM en françoys. C'est le fardelet historial... (A la fin :) *Imprime a Genesve lan mille cccc.xcv* (1495) *auquel an fist si très-grand vent le ixe jour de janvier qu'il fist remonter le Rosne dedans le lac bien un quart de lieue au-dessus de Genesve*, in-fol. goth. à longues lignes, fig. sur bois, mar. vert, fil. tr. dor. (*Duru.*)

Édition très-rare et curieuse à cause de sa souscription.
Exemplaire très-grand de marges (285 mill.) et très-bien conservé.

110. LA CRONIQUE MARTINIANE de tous les papes qui furent jamais. (A la fin :) *Imprimé à Paris pour Anthoyne Verard, demourant à Paris devant la rue neufve Nostre Dame, s. d.*, 2 tom. en 1 vol. in-fol. goth. à 2 col. veau.

Le second volume contient une histoire de France depuis 1399 jusqu'à 1503, extraite de différents chroniqueurs; la chronique du roi Louis XI, intitulée *Chronique scandaleuse*, s'y trouve en grande partie.
Exemplaire bien conservé de la bibliothèque du duc de Sussex.

111. J. Phil. de Lignamine. Incipit Cronica summorum pontificum, imperatorumque. (Ad finem :) *Romæ impressus anno Dñi M.CCCC.LXXIIII*, in-4, car. ronds à longues lignes, v. f.

Édition originale.

112. Le Registre des ans passez puis la création du monde jusques à l'année présente mil cinq cens xxxii. *On les vend à Paris, en la boutique de Galliot du Pré mil cinq cens xxxii*, pet. in-4, goth. à longues lignes, fig. sur bois, demi-rel. mar.

Raccommodages au titre.

113. Cy commence le livre des chroniques abrégées et en françoys, depuis le commencement du monde jusqu'au règne de Charles, roi de France et de Navarre. In-fol. v.

Manuscrit sur papier du xve siècle, d'environ 200 feuillets.

HISTOIRE ANCIENNE.

114. Le Grant Almageste du très-noble et très-illustre hystoriographe Josephe. *Nouvellement imprimé à Paris mil cinq cens* xxxvii. *On les vend à Paris par Denys Janot*, in-fol. goth. à longues lignes, fig. sur bois, v.

Exemplaire grand de marges, mouillure.

115. Destruction de Jérusalem. (A la fin :) *Cy finist ce présent traicté intitulé la Destruction de Jherusalem et la mort de Pilate, s. l. n. d.*, in-fol. 10 ff. goth. à 2 col. fig. sur bois, v. (*Bozérian.*)

Cette édition, des plus rares, paraît avoir été imprimée à Lyon par G. Le Roy de 1485 à 1490. Le recto du premier feuillet est blanc, et au verso se voit une figure sur bois représentant l'empereur Vespasien malade dans son lit, et qui est guéri par la vue de la sainte face que lui présente sainte Véronique.

L'exemplaire est grand de marges.

116. QUINTE CURSE (*sic*) de la vie et gestes d'Alexandre le Grant. (A la fin :) *Imprimé à Paris pour Anthoine Vérard marchand libraire, s. d.*, pet. in-fol. goth. à longues lignes, mar. bl. fil. tr. dor. (*Kœhler.*)

Exemplaire grand de marges; mais le titre est refait à la plume. Le dernier feuillet a un coin raccommodé. De la bibliothèque de M. Cailhava, de Lyon.

117. Le Recueil des hystoires rommaines. *Nouvellement imprimé à Paris l'an mil cinq cens et douze le xxi*[e] *jour d'octobre pour Guillaume Eustace*, in-fol. goth. à 2 col. fig. sur bois, v.

Le titre est doublé et il y a plusieurs raccommodages dans le volume.

118. LUCAIN, SUÉTONE ET SALLUSTE, EN FRANÇOYS. (A la fin :) *Cy finist Lucain, Suétone et Saluste, en françoys, imprimé à Paris le xvii*[e] *jour de septembre mil cinq cens, pour Anthoine Vérard demourant au dit Paris pres petit pont*, gr. in-fol. goth. à 2 col. fig. sur bois, v. estampé.

Très-bel exemplaire, rempli de témoins.

119. L'Histoire catilinaire composée par Saluste, hystorian romain, et translatée par forme d'interprétation, d'ung tresbrief et elegant latin en nostre vulgaire françoys, par Jehan Parmentier, marchant de la ville de Dieppe, 1539. *On les vend à Paris, en la rue neufve nostre dame, à l'enseigne sainct Jehan Baptiste, par Denys ianot*, in-16, lettres rondes, de 79 ff. mar. rouge, jans. dent. int. tr. dor. (*Duru.*)

120. La Conjuracion de Catalina y la guerra de Jugurta, por C. Salustio (traduction de l'infant D. Gabriel de Bourbon). *En Madrid, J. Ibarra*, 1772, in-fol. fig. bas. tr. dor. (*Reliure espagnole.*)

Exemplaire tiré sur papier très-blanc de ce chef-d'œuvre typographique d'Ibarra.

121. Caii Julii Cæsaris Commentariorum liber primus de Bello Gallico, ab ipso confecto. (A la fin :) *C. Julii Cæsaris commentarios belli gallici, civilis, Pompeiani, Alexandrini, Africi ac Hispaniensis Nicolaus Jenson Gallicus Venetiis feliciter*

impressit, M.CCCC.LXXI, in-fol. mar. bl. dos orné, compart. tr. dor. (*Riche rel. de Bozérian.*)

Belle et rare édition. Superbe exemplaire, grand de marges et bien conservé.

122. CÆSARIS Commentariorum de bello gallico libri VIII..... *Venetiis, in ædibus Aldi,* 1513, in-8, rel. en bois recouverte en peau de truie estampée, fermoirs.

Exemplaire dans sa première reliure et très-grand de marges (170 mill.).

123. C. Julii Cæsaris quæ extant, ex emendatione Jos. Scaligeri. *Lugduni Batavorum, ex officina Elzeviriana, anno* 1635, in-12, front. gravé, mar. rouge, dos orné, fil. à comp. dent. int. tr. dor. (*Trautz-Bauzonnet.*)

Très-bel exemplaire. Hauteur : 125 mill.

HISTOIRE DE FRANCE.

124. La Totale et vraie Description de tous les passaiges, lieux et destroictz par les quels on peut passer et entrer des Gaules es Italies et par ou passerent..... les tres chrestiens et tres puissans roys de France, Charlemagne, Charles VIII, Louis XII et le tres illustre roy François à présent régnant, premier de ce nom. (À la fin :) *Impressum est hoc opus Parisiis, anno D.MVCXVIII* (1518) *sumptibus Toussani Denys,* pet. in-4, goth. mar. bleu, fil. tr. dor. (*Niedrée.*)

Livre rare. L'auteur s'appelait Jacques Signot. La première partie de l'ouvrage est une description des passages qui conduisent en Italie. Dans la seconde se trouve une relation géographique des provinces de l'Italie entremêlée de fragments historiques tels que le récit de la bataille de Fornoue, etc. Les quatre premiers feuillets ont été raccommodés dans la marge du bas.

125. Les Illustrations de Gaule et singularitez de Troye, avec les deux epistres de l'amant verd (et autres ouvrages), composez par Jan le Maire de Belges. *On les vend à Paris, en la rue Sainct Jacques, chez Fr. Regnault, J. Petit et G. de Marnef,* 1521-

1523, 3 part. en 1 vol. in-4, goth. à longues lignes, bas. m.

126. La Grant Monarchie de France, composée par messire Claude de Seyssel. (A la fin:) *Imprimée à Paris, pour Regnault Chauldière l'an mil cinq cens dix neuf*, in-4, goth. demi-rel. (*Mouillure.*)

127. La Loi salique, premiere loy des Frãçoys, faicte par le roy Pharamon, premier roy de France, faisant mencion de plusieurs droictz, chroniques et histoires desdictz roys de France. *S. l. n. d.* (*vers* 1500), pet. in-4 de 60 ff. car. goth. gravure sur bois sur le titre, mar. bl. dos orné à pet. fers, fil. dent. int. tr. dor. (*Bauzonnet-Trautz.*)

128. CHRONIQUES DE FRANCE. Le premier volume des Chroniques de France (dites de Saint Denys). *Faict à Paris, en l'hostel de Pasquier Bonhomme*, 1476, in-fol. goth. à 2 col. v.

Premier volume d'un livre extrêmement rare, et le premier livre imprimé à Paris avec date. Cet exemplaire est court de marges, et il est incomplet de 6 feuillets et de la moitié d'un autre.

129. Les Chroniques de Saint-Denis. Le Premier (second et tiers) volume des Chroniques de France. *Cy finist le dernier volume imprimé à Paris le dernier jour daoust lan mil iiij cens quatre vingts et treze* (*par Jehan Maurand*) *pour Anthoine Verard, libraire, demourant à Paris sur le pont Nostre-Dame*, 3 vol. in-fol. goth. à 2 col. fig. sur bois, v.

Édition des plus rares.

Il manque au premier volume sept feuillets préliminaires. Les trois volumes sont de reliures différentes, et le troisième est plus court que les deux autres de 3 centimètres 1/2.

A la fin du tome II on lit cette mention manuscrite : « Achapté à Paris le second jour de septembre l'an mil cccc lxxxxvi (1496), au Palays. Signé Desclaux. »

130. **Le Premier (second et tiers livre) des GRANS CRONIQUES DE FRANCE.** (A la fin :) ***Cy finist le tiers et dernier volume des grans croniques de***

France imprimées à Paris lan mil cinq cens et quatorze le premier jour d'octobre pour Guillaume Eustace... 3 vol. in-fol. goth. fig. sur bois, mar. r. fil. tr. dor. (*Simier.*)

Bel exemplaire, grand de marges. Légers raccommodages à la fin des tomes I et III.

131. La Mer des croniques et Mirouer historial de France, jadis composée en latin par frère Robert Gaguin... translaté de latin en françois, additionné de plusieurs additions jusques en l'an 1518. (Marque de Jehan Petit.) (A la fin :) *Imprimé à Paris par Nicolle de la Barre,* in-fol. goth. v. br.

Quelques feuillets tachés.

132. Les Croniques de France abregees avec la generation dadam et deve et de noe et de leurs generations, et les villes et cites que fonderent ceulx qui yssirent deulx. *S. l. n. d.*, in-4, 94 ff. car. goth. fig. sur bois, mar. brun, fil. tr. dor. (*Kœhler.*)

Édition rare qui doit avoir été imprimée à la fin du XVe siècle. Exemplaire Cailhava portant au bas du titre la signature d'ÉTIENNE BALUZE.

133. Les Très-élégantes, très-véridiques et copieuses Annales des très-chrestiens modérateurs des belliqueuses Gaules depuis la triste desolation de la fameuse cité de Troye jusques au règne du roi François à présent régnant... compilées par feu Nicole Gilles. (A la fin :) *Achevé d'imprimer lan mil cinq cens vingt et huyt par Guillaume Bossozel, par Jehan Petit,* 2 tom. en 1 vol. in-fol. goth. fig. sur bois, demi-rel. mar. br.

Exemplaire du comte Boutourlin.

134. LES ANCIENNES ET MODERNES GÉNÉALOGIES des roys de France avec leurs épitaphes et effigies (par Jehan Bouchet). *On les vend à Paris au clos Bruneau* (A la fin :) *Nouvellement imprimez à Paris lan mil cinq cens XXXVII,* pet. in-8 goth. fig. sur bois, veau estampé, tr. dor. (*Rel. angl.*)

Bel exemplaire. Hauteur : 153 mill.

135. La Chronique des roys de France, puis Pharamond jusques au roy Henry second, le catalogue des papes et des empereurs (par Jean du Tillet, évêque de Meaux). *On les vend à Paris par Galiot du Pré*, 1550, pet. in-8, mar. br. fil. tr. dor. (*Anc. rel.*)

136. Abrégé chronologique de l'histoire de France, par le sieur de Mézeray. *Amsterdam, Abraham Wolfgang*, 1673-74, 6 vol. in-12, portr. — Histoire de France avant Clovis, par de Mézeray. *Amsterdam, Abraham Wolfgang*, 1688, in-12, fig. les 7 vol. mar. v. tr. dor. (*Trautz-Bauzonnet.*)

Très-bel exemplaire du comte Napoléon Camerata, petit-fils d'Élisa Bacciochi, grande-duchesse de Toscane, sœur de Napoléon Ier. Hauteur : 153 mill. (5 p. 8 lig.).

137. FROISSART. Le Premier (second, tiers et quart) volume de Froissart, des croniques de France, d'Angleterre..... *Imprimé à Paris, par Michel le Noir l'an mil cinq cens et cinq, le xxviiie jour de may*, 4 tom. en 3 vol. pet. in-fol. goth. à 2 col. v. f. tr. dor. (*Capé.*)

Le tome II a été imprimé pour Jehan Petit, sans date. L'exemplaire est grand de marges. Quelques raccommodages.

138. MONSTRELET. Le Premier (second et tiers) volume d'Enguerrand de Monstrelet, ensuyvant Froissart. (A la fin :) *Cy finist le tiers volume de Enguerrant de Monstrelet, lan de grace mil v cens et douze, pour Jehan Petit et Michel le Noir*, 3 vol. pet. in-fol. goth. à 2 col. v. ant. (*Anc. rel.*)

Bel exemplaire réglé. Une piqûre de ver dans le fond du tome III a été anciennement raccommodée, et quelques légères mouillures existent dans le tome II.

139. Hordal. Heroïnæ nobilissimæ Joannæ d'Arc, Lotharingæ, vulgo Aurelianensis puellæ, historia. *Ponti Mussi, apud Melchiorem Bernardum*, 1612, in-4, mar. vert. (*Rel. angl.*)

Avec les deux portraits de Jeanne d'Arc gravés par Léonard Gaultier.

140. CRONIQUE ET HYSTOIRE faicte et composée par feu messire Phelippe de Comines, durant les choses advenues durant le règne du roy Loys unziesme. (A la fin:) *Et fust achevee d'imprimer le xv*[e] *jour de fevrier l'an mil cinq cens XXV, par maistre J. G.* In-fol. goth. à longues lignes, v. tr. dor. (*Rel. angl.*)

Édition rare. Exemplaire réglé et grand de marges (267 mill.). Légère piqûre. Il porte un envoi du XVIe siecle signé *John Duddley*. De la bibliothèque du duc de Sussex.

141. CRONICQUE ET HISTOIRE faicte et composée par feu messire Philippe de Commines, contenant les choses advenues durant le reigne du roy Louis unzième. *On les vend à Paris... par Françoys Regnault.* (A la fin:) *Fin des cronicques du vaillant et magnanime roy Charles le huitiesme, nouvellement imprimées l'an mil cinq cens trente et neuf*, 2 tom. en 1 vol. pet. in-8 goth. mar. bl. fil. doublé de mar. rouge, large dent. tr. dor. (*Capé.*)

Très-bel exemplaire de cette édition rare. Hauteur : 160 mill. La reliure est entièrement fleurdelisée.

142. Les Mémoires de messire Philippe de Commines, sieur d'Argenton. *A Leide, chez les Elzeviers*, 1648, in-12, front. gr. mar. rouge, dos orné, fil. tr. dor.

Hauteur : 127 mill. 1/2. Jolie reliure de Padeloup.

143. LA VICTOIRE DU ROY CONTRE LES VÉNICIENS (par Claude de Seissel). (A la fin:) *Cy fine ce présent livre intitulé la victoire du roy de France contre les Veniciens, et a esté achevé d'imprimer le vii*[e] *jour de mai mil cinq cens et dix pour Anthoine Verard, libraire*, in-4 goth. mar. r. fil. tr. dor. (*Niedrée.*)

Livre fort rare. Très-bel exemplaire, grand de marges. Légères mouillures et taches à quelques feuillets. Hauteur : 210 mill.

144. DOLET (Estienne). Les Gestes de Françoys de Valois, roy de France, premierement composés en latin par Estienne Dolet, et après par luy mesme, translatés en langue françoyse. *A Lyon, chez Estienne Dolet*, 1543, pet. in-8, mar. noir, fil. tr. dor. (*Du Seuil.*)

Édition la plus estimée de cet ouvrage. Joli exemplaire. Sur le dos de la reliure on remarque des soleils couronnés.

Exemplaire de M. Ch. Raoul de Montesson, avec sa marque et ces mots écrits de sa main : « Exemplaire du cabinet de Louis XIV. »

145. Entrée de Henry II a Rouen. C'est la déduction du sumptueux ordre, plaisantz spectacles et magnifiques théâtres dressés et exhibés par les citoyens de Rouen à la sacrée majesté Henry second et à très-illustre dame, madame Katherine de Médicis, la royne, son épouse, lors de leur triomphant, joyeux et nouvel advénement en iceile ville. *On les vend à Rouen, chez Robert le Hoy, Robert et Jehan du Gort*, 1551, in-4, v. f. (*Anc. reliure.*)

Ce volume, si curieux et si rare, est imparfait. Il commence à la signature B. Toutes les grandes planches sont intactes, mais les deux pages de musique sont rognées sur le côté.

146. Histoire du roy Henry le Grand, composée par messire Hardouin de Péréfixe. *Amsterdam, Louys et Daniel Elzevier*, 1661, pet. in-12, titre gravé, mar. r. fil. tr. dor. (*Trautz-Bauzonnet.*)

Bel exemplaire, très-grand de marges. Hauteur : 135 mill.
De la bibliothèque du comte Nap. Camerata.

147. HYSTOIRE AGREGATIVE des annalles et cronicques d'Anjou... par Jehan de Bourdigné. *On les vend à Angers en la boutique de Charles de Boigne et Clément Alexandre.* (A la fin :) *Nouvellement imprimé à Paris par Anthoine Couteau pour Charles de Boigne et Clément Alexandre, et furent achevées de imprimer au mois de janvier lan mil cinq cens XXIX*, gr. in-fol. goth. mar. bl. tr. dor. (*Duru.*)

Très-bel exemplaire.

148. LES CRONIQUES ANNALLES des pays d'Angleterre et Bretaigne, (par Alain Bouchard). *On les*

vend à Paris en la bouticque de Galliot du Pré, mil X.D.XXXI (1531). (A la fin :) *Imprimées à Paris par Antoine Cousteau pour Jehan Petit et Galliot du Pré*, in-fol. goth. à longues lignes, mar. r. tr. dor. (*Trautz-Bauzonnet.*)

Superbe exemplaire.

149. LES CRONICQUES des roys, ducz et comtes de Bourgoigne..... jusques au très-victorieux prince Charles qui trespassa devant Nancy en Lorrayne. Item est compris... la très-désirée et proufitable naissance du très-illustre enfant Charles d'Austriche... (A la fin :) *Cy finent les Cronicques des roys, ducz et comtes de Bourgoigne. S. l. n. d.*, in-4, goth. 6 ff. fig. sur bois, non reliés.

Opuscule de la plus grande rareté.

La très-désirée naissance annoncée sur le titre ne se trouve pas dans l'exemplaire ici présent, qui est celui qui a servi à la description de cet opuscule donnée par M. Brunet. *Man. du Libr.*, I, col. 1875. C'est le seul connu.

Exemplaire lavé et encollé. L'écriture du XVIe siècle qui couvrait le bas du dernier feuillet est restée en partie.

150. Les Annalles Dacquitaine, faictz et gestes des roys de France et Dangleterre, pays de Naples et de Milan, reveues et corrigées par l'acteur mesmes (Jehan Bouchet), jusques en lan mil cinq cens xxxvi. *On les vend à Paris en la bouticque de Galliot du Pré, Mil D.XXXVII*, in-fol. goth. (A la fin :) *Imprimé à Paris, par Nicolas Cousteau le xxiie jour de décembre, mil cinq cens xxxvi*, in-fol. goth. demi-rel. dos et coins mar. vert, dos fleurdelisé. (*Capé.*)

151. LE RECUEIL OU CRONIQUES des hystoires des royaumes d'Austrasie, ou France orientale dite à présent Lorraine... Oultre ce que dessus est adjousté l'ordre de Chevalerie (par Simphorien Champier). (A la fin :) *A été imprimé à Lyon sur le Rosne et achevé le XIe jour de juillet, l'an mil cinq cens et dix pour Vincent de Portunaris de Trinc, libraire demourant au dict Lyon*, in-fol. goth. à

longues lignes, figures sur bois, v. f. fil. tr. dor. (*Bauzonnet-Purgold.*)

Chronique rare. Exemplaire très-grand de marges (250 mill.). Le titre est un peu fatigué.

HISTOIRE DE DIVERS PAYS D'EUROPE, D'ASIE ET D'AMÉRIQUE.

152. Le premier (le second et le tiers) volume des Illustrations de la Gaule Belgique (par frère Jacques de Guyse). *On les vend à Paris, en la boutique de Galliot du Pré, M.D.XXXI*, 3 part. en 1 vol. in-fol. goth. fig. sur bois, mar. r. fil. (*Rel. anc.*)

Bel exemplaire de Caumartin Saint-Ange.

153. LA LEGENDE DES FLAMENS... (A la fin :) *Cy fine ce present traicté intitulé la legende des Flamens, nouvellement imprimé à Paris, et a été achevé le XX*e *jour de may mil cinq cens xxii* (*chez Fr. Regnault*), in-4, goth. à longues lignes, figures sur bois, v. f. (*Anc. rel.*)

Très-bel exemplaire, grand de marges (224 mill.).

154. LA LÉGENDE DES VÉNITIENS... La Déploration du trespas de feu monseigneur le comte de Ligny... Les Regrets de la dame infortunée (par Jehan le Maire de Belges). *Imprimé par Geuffroy de Marnef*, (*s. d.*), gr. in-4, gothique, demi-rel. mar. r. (*Kœhler.*)

155. HISTORIA del Invictissimo Cauallero y capitan don Hernando de Avalos, marques de Pescara, con los hechos memorables de otros siete capitan del emperador Carlos Quinto... recopilada por el Maestro Valles con la presa de Africa. (A la fin :) *Fue impressa la presente historia en la muy noble ciudad de Caragoça, en casa de Augustin Millan, impressor de libros*, 1562, in-fol. gothique à 2 col.

maroquin bl. fil. dentelle intérieure. (*Rel. anglaise.*)

Exemplaire de J.-J. DE BURE.

156. BRITANNIA, sive florentissimorum regnorum Angliæ, Scotiæ, Hiberniæ et insularum adjacentium ex intima antiquitate chorographica descriptio (authore Camden). *Londini*, *G. Bishop*, 1600, in-4, titre gravé, maroquin rouge, fil. tr. dor. (*Anc. rel.*)

Très-bel exemplaire, aux armes et au chiffre de J. AUG. DE THOU. Il a appartenu à J.-J. DE BURE.

157. (Lamberti Chronicon Germaniæ.) Quisquis es gloriæ Germaniæ et majorum studiosus, hoc utare ceu magistro libello. *Tubingæ*, *Morhardus*, 1525, pet. in-8, maroquin rouge, tr. dor. (*Reliure anglaise.*)

Première édition de la chronique de Lamberti, publiée sous ce titre bizarre par Gasp. Churrerus. La préface de Philippe Mélanchthon, qui ne se trouve que dans peu d'exemplaires, est dans celui-ci.

158. THRWROTZ. Chronicon Hungarorum. *Augustæ Vendelicorum*, *Chr. Ratdolt*, 1488, in-fol. goth. à longues lignes, figures sur bois, demi-rel.

Livre rare, mais il y a quelques piqûres de ver, et les marges des derniers feuillets ont été restaurées.

159. MARCI PAULI Veneti de regionibus orientalibus libri III. = Haitoni Armeni Historia orientalis. = Andreæ Mulleri de Chataia disquisitio. = *Coloniæ*, *Brandenburgiæ*, 1671, in-4, maroquin rouge, fil. tr. dor. (*Anc. rel.*)

Bel exemplaire aux armes de COLBERT sur les plats et avec son chiffre sur le dos de la reliure.

160. Copie d'une lettre enuoyée de Constantinople, faisant mention de la grande occision que le grand seigneur des Turcs a faict faire des prebstres et docteurs de la loy... Et des grands signes qui sont apparus au lieu de ladicte exécution faicte en l'an mil cinq cens XXXIX. Nouuellement traduicte de vulgaire italien en françois. Aultre copie des

lettres qui ont esté enuoyées XXII de juing sur la défaicte du Turc, esdictz lieus, mil. D. XXXIX. *On les vend à Paris, en la grād salle du Palais, au second pillier, par Jehan du Pré,* pet. in-8, de 17 ff. car. goth. maroquin rouge, jans. dent. int. tr. dor. (*Duru.*)

Plaquette rare. Hauteur : 144 mill. 1/2, rogné en tête.

161. LESCARBOT (Marc). Histoire de la Nouvelle-France. *Paris, Jean Millot,* 1609, in-8, maroquin r. fil. tr. dor. (*Bedfort.*)

Première édition, très-rare. Exemplaire très-complet avec les cartes et les *Muses de la Nouvelle-France.* Hauteur : 169 mill.

BIOGRAPHIE.

162. PLUTARCHI Vitæ, latine. (A la fin :) *Per Nicolaum Jenson Gallicum, Venetiis impr. M.CCCCLXXVIII,* 2 vol. grand in-fol. rel. en bois, recouvert de truie. (*Rel. anglaise.*)

Exemplaire très-grand de marges. Quelques feuillets restaurés dans les marges.

163. BOCCACE. Des Nobles malheureux, imprimé nouvellement à Paris. (A la fin :) *Imprimé nouvellement à Paris, le quatrième jour de novembre mil iiiic quatre vingt et treize, par Anthoine Verard, libraire, sur le pont Nostre-Dame,* in-fol. gothique à 2 col. figures sur bois, maroquin, rouge, tr. dor. (*Anc. rel.*)

Bel exemplaire. Le haut du titre est restauré. Mouillure à la fin du volume. Sur la première garde, une note manuscrite du XVIe siècle annonce que le *seigneur de Barizey a rendu ce présent liure avec la Mer des histoires à Madame de Villez le xxi de janvier* 1537. Derrière le titre se trouvent cinq sixains et un huitain intitulés *les Ditz de cinq roys de France,* signés par le sieur Barizey.

164. JOHANNIS BOCCACII de Certaldo de Mulieribus claris. (A la fin :) *Per Joannem Czeiner de Reutlingen. Ulme impressus. Anno M.CCCC.LXXIII,* in-fol. goth. demi-rel.

Première édition, rare, et recherchée pour les 81 figures sur bois, très-naïves, qui s'y trouvent; mais l'exemplaire est incomplet des ff. CVII et CVIII, où se trouve l'Histoire de la papesse Jeanne.

165. NOSTRADAMUS. Les Vies des plus célèbres et anciens poëtes provençaux, qui ont flouri du temps des comtes de Provence. *A Lyon, par Alexandre Marsilii*, 1575, pet. in-8, demi-rel. mar.

SUPPLÉMENT.

166. Notice abrégée des livres imprimés sur vélin de la bibliothèque du comte de Mac Carthy. *Paris*, 1815, gr. in-8, demi-rel.

Imprimé sur vélin.

167. Les Ordonnances de l'Ordre de la Toison d'or. (*Anvers, Plantin*,) *s. d.*, in-4, cart.

Imprimé sur VÉLIN. Les deux planches de cet ouvrage sont de Corn. Galle.

168. RECUEIL DES HISTORIENS DES GAULES (ouvrage commencé par Dom Bouquet, continué par les Bénédictins, et par les membres de l'Académie des inscriptions). *Paris*, 1738-1865, 22 vol. gr. in-fol. maroquin rouge, fil. tr. dor. (*Anc. rel.*)

Très-bel exemplaire, aux armes de France. Les tomes XXI et XXII sont brochés.

ORDRE DE LA VACATION.

Nos 107 à 168.
1 à 106.

Il y aura exposition publique de la bibliothèque, dans la salle de vente, le vendredi, de DEUX heures à QUATRE.

Le jour de la vente, il y aura exposition publique à MIDI.

CONDITIONS DE LA VENTE.

5 pour 100 payables par les acquéreurs en sus des enchères.

Les livres vendus devront être collationnés sur place dans les vingt-quatre heures de l'adjudication. Passé ce délai, ou une fois sortis de la salle de vente, ils ne seront repris pour aucune cause.

M. ADOLPHE LABITTE remplira les commissions des personnes qui ne pourraient assister à la vente.

Paris. — Typographie Georges Chamerot, rue des Saints-Pères, 19.

SUPPLÉMENT

AU

CATALOGUE DES LIVRES

RARES ET PRÉCIEUX

COMPOSANT

LE CABINET DE M***

COMPRENANT :

1° **Tacitus**, 1468. In-fol., première édition;

2° **Controverses des sexes masculin et féminin**, 1534. In-fol. gothique;

3° **Roman de la Rose.** Manuscrit du quatorzième siècle sur vélin, avec miniatures;

4° **Orlando furioso**, 1532. In-4°, exemplaire imprimé sur vélin.

DONT LA VENTE AURA LIEU

Le samedi 17 juin 1876, à 1 heure et demie très-précise,

A l'Hôtel des Commissaires priseurs, rue Drouot

SALLE N° 3

Par le ministère de Me MAURICE DELESTRE, commissaire-priseur,

Successeur de Me DELBERGUE-CORMONT,

Rue Drouot, 23.

Assisté de M. ADOLPHE LABITTE, libraire de la Bibliothèque nationale,

4, rue de Lille, 4.

....

169. TACITUS. (A la fin :) *Finis Deo laus Cesareos mores scribit Cornelius pressit Spira premens;*

Artis gloria prima sue. (*Venetiis per Vindelinum de Spira*), 1468 (1470) in-folio, maroquin citron à mosaïques de maroquin vert et rouge, larges dentelles. (*Duru.*)

Édition originale.

Superbe exemplaire, 247 millim.

170. LES CONTROVERSES DES SEXES MASCULIN ET FÉMENIN (par Gratian Dupont, seigneur de Drusac (A la fin) :...

Dedans Tholose imprime entierement
Est il ce liure ; sachez nouuellement
Par maistre Jacques : Colomies surnomme
Maistre imprimeur; libraire bien fame.
. . . .
Lan mil cccce trente et quattre a bon compte,
Du moys Janvier xxx sans mescomptes.

In-folio, figures sur bois, maroquin rouge, compartiments dorés, mosaïque de maroquin vert, dent. int. (*Duru.*)

Très-bel exemplaire, 240 millim.

171. (LE ROMAN DE LA ROSE) en vers... in-folio, gothique, à 2 col., maroquin rouge à compartiments dorés, tr. dor. (*Reliure anglaise de Befdord.*)

Précieux manuscrit du XIVe siècle, composé de 154 feuillets et orné de trente-cinq miniatures en or et en couleurs, sur fonds quadrillés, de 70 millim. carrés chacune. Ce manuscrit porte sur le premier feuillet la signature de Philippe Desportes, et sur une feuille de vélin le titre du poëme écrit en or, sur le verso un *sonnet au roi Charles IX, par Antoine de Baif, poëte en son academie, sur le Roman de la Rose présenté à sa Majesté, l'an mil DLXXI.VII avril.*

Le haut des marges est atteint par l'humidité.

Le sonnet, écrit en beaux caractères d'impression, parait être de la main de **Baif**, connu pour son talent calligraphique.

On lit sur la garde ancienne de ce manuscrit une note de Boivin le cadet, « de l'Académie françoise et attaché à la Bibliothèque du roy. »

« Cet exemplaire du Roman de la Rose a appartenu au roy **Charles IX**, aux armes duquel il est relié (*cette reliure est remplacée par une reliure moderne*), par la beauté de l'escriture je le crois être de Flamel, secrétaire de Jean, duc de Berry, et par les enluminures qui paroissent être aussi de l'enlumineur de ce duc, lequel était fils du roy Jean et frère du roy Charles le Sage. Ce qui est certain, c'est qu'il a été écrit vers l'an 1400, environ cent ans depuis la composition du poëme commencé par Guillaume de Lorris et achevé par Jean de Meun, contemporain du roy Philippe le Bel. »

Une main plus moderne ajoute : « Cette note est de M. Boivin le cadet, le 20 de janvier 1720. »

172. ARIOSTO. Orlando Furioso nuovamente da lui proprio corretto e d'altri canti nuovi ampliato. (A la fin :) *Impresso in Ferrara, per Maestro Francesco Rosso da Valenza*, 1532, in-4, mar. r. (*Reliure anglaise.*)

Imprimé sur vélin.

Exemplaire bien complet et très-bien conservé. C'est l'un des cinq exemplaires connus imprimés sur vélin.

Édition précieuse et rare, la dernière imprimée sous les yeux de l'Arioste et la première où son poëme soit divisé en 46 chants. Sur le premier feuillet de garde on voit la note suivante, d'une écriture du temps :

Donato gia alla Sra Veronica Gambera dallo autore istesso.

On sait que l'Arioste a cité cette dame parmi les plus illustres de celles qui vinrent le complimenter de la fin de son long voyage poétique.

Cet exemplaire porte à la fin du texte : *Finis pro bono malum.*

CONDITIONS DE LA VENTE.

La vente se fait expressément au comptant.

5 °/o payables par les acquéreurs en sus des adjudications, applicables aux frais.

Les livres vendus devront être collationnés sur place dans les vingt-quatre heures de l'adjudication. Passé ce délai, ou une fois sortis de la salle de vente, ils ne seront repris pour aucune cause.

M. Adolphe LABITTE remplira les commissions des personnes qui ne pourraient assister à la vente.

Paris. — Typographie Georges Chamerot, rue des Saints-Pères, 19.

RED. :

20

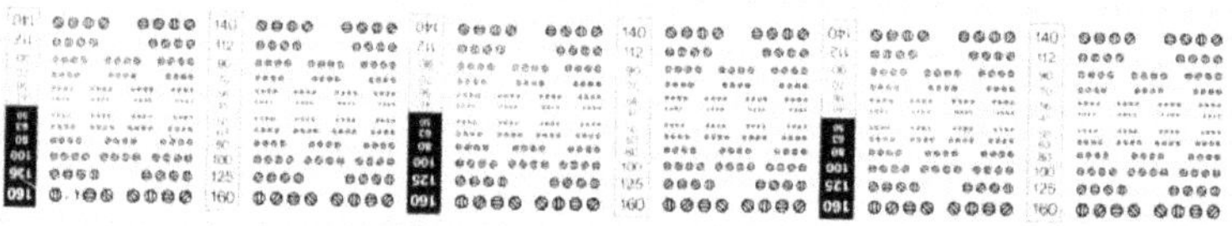

graphicom

MIRE ISO N° 1
NF Z 43-007
AFNOR
Cedex 7 - 92080 PARIS-LA-DEFENSE

0 1 2 3 4 5 6 7 8 9 10

www.ingramcontent.com/pod-product-compliance
Ingram Content Group UK Ltd.
Pitfield, Milton Keynes, MK11 3LW, UK
UKHW021948260726
13994UKWH00004B/1611

9 782329 243832